叫我江靖涵

目錄

I

II

III

IV

V

VIII

IX

X

二十一歲的夢

我在夢裏
談夢的事
而妳也在
談妳的事

痛了就睡
醒了就疼
身體不會動但床在動
路變得窄
藥變得重

妳說夢外
妳有愛人
我說夢裏
我很愛妳

現在的我
過得很好
我夢過妳
妳說也好

這樣挺好的
這樣就好

荒山的茉莉，你熄滅燈火　致．Z

滿懷心事午後
我們欲求渴望彼此
竊取一些老套的電影情節
揣摩腳步
空氣，情緒的脈動
在黑白色的畫面中
凝視雨都的無人問津
錯把塵封歷史的死巷
走成一片秘密的荒原

於是乎我在門前
植花，種木
開出一朵富滿毀滅的白花
茉莉堅貞的澄澈
把你的年華盛出一地白雪

你指路
指路為斑馬
信仰那些歌詞中
滄桑的音嗓，滔過
頂樓不被人發現的怪物
我輕輕為你捲菸
把一些不安
揉碎成夢裡黑色的海洋

人群的汪洋
我幫你點火
你說我們的可惜，我們
一樣傾富傷痕的軀體
我說，沒事的，於是牽起你的手
看你緩緩拎起燈火
看你緩緩熄滅燈火

而後日子
在黑暗中摸索彼此深藏的心房
再更深一點
就以時間劃過結痂
待我學會愛一個人之後
待你學會如何被愛之後

終於只剩下一具名字　致．Z

又是差事一日無趣
領口淤積的血垢
用舒張的觸覺反覆砥礪
反覆清潔
直到身體也慢慢剩下骨架
便思念起某天
所有的家具開始變得透明
貓、植物，豢養多時的烏龜
上個月貪生領養的寄居蟹
是否換了殼，能夠
聽見海從耳廓緩緩注入
我也嘗試著告訴身邊的同事

「今天室外二十九度」
「微雨，不宜憂鬱」

「適合把身體滯留在冷房」
沒有人注意
和平日一樣烹調餐點，收拾桌面
擦拭指紋上頭的記號
被火烤傷的古物
在夜裡緩緩發芽
隔日又能嶄新的意志
面對反覆、反覆再反覆

排休卸載的月份
我們嘗試慶祝，把生日
圈在黑色的象形
生日快樂，本店並無優惠
漸漸的風從紙本串刺
明日將我縫合成隔夜
橫躺於柏油路上
我想像身旁的黃色人形蠟筆
與我並無二樣

生日快樂，沒有氣球
為了慶祝上班多餘的節慶
不需要鮮花
蠟燭，或是蛋糕
僅僅把我的名字寫在卡上
久了之後身體自己會動
我的愛人
我的溫柔
終於只剩下一具名字

愛人的人，被愛了嗎　致．Z

有些承諾以心肝為核
卻不能情願風景的誕生
像是枯黃的指頭
在你後腦勺被風腐敗
或當我想要牽起一雙手
上頭卻滿佈
佈滿生活的紋路

於是我們都很浮濫
卻愛上浮濫的人影
話語聲聲
聲聲，聲聲是慢
慢得用一生去償還
我卻不甘只能當那場堅貞的雨
要成為最溫柔的火

讓你在我的歷史
被熔為熵，聲子蟲的羽翅

而後忽略過的蟲骸
都能退化成你的骨甲
讓我更溫柔
更溫柔
包覆住你愛人的手勢
只是被愛的人，獲得了自由嗎
假使只能愛人
我們為何
還要當個善良的人

只是想在蛻去肉身
凝視彼此的河床
看季節乾涸之前
把你最好的樣子
虛耗成七月的盛夏

最近的日子就這樣了　致．Z

最近的日子就這樣了
唇印烙滿的櫻紅
紙杯暗示著你我之間的狹隘
衝突、不安
你在我的背後默默頓化
我在你的胸懷演示無意
半滿的器皿，溢出
一淌黑色的琉璃
我們之間並無言語，並無視力
退化聽覺，依憑嗅覺
牢記你填滿輪廓的規律

風與旗幟的倒影之間
雨日溺斃了我們的對白
工時，日程

一碗飯、不蔥
紅薑始終會被剔除
洋蔥讓你甜膩
卻沒有花椰菜的糜爛
嫻熟的姿勢，把你身上的印記
消弭為日常的日常

最近的日子就這樣了
一週七天
一日無睏意
把你睡成我尚未聽聞的花語
陪你搬遷入室
我們度年如日
度日，就能如眠

向光植物

拋棄在無人的臥室
與你留下的衣物
繾綣一陣午後的雷雨
把過時的陽光
揉進乾燥的掌心
透過擬物的人造暖光
漸漸心房生出枝枒
包覆住寂寞的外殼
我也曾經這樣包裹住你
尤其是你手腕上的痂
你從不明說光是為何而生
卻只在夜裡一個人生長
我傷心你這樣
更害怕你的傷心，是因為
畏光，或是害怕我傷心

把窗簾解封
我們就旋即灰飛煙滅
你的魅影屋內徘徊
每當我幫盆栽澆水
頭髮又更長了一些
不認識的房間不認識的擺設不認識
的音樂不認識的宇宙
我們都是擱淺的人
替你淋濕
讓你受潮
把不再發光的幻肢修飾
用思念你的模樣
定居在更痛的廢墟
你不會來見我，但我
仍舊漫佈
生出蜷曲的根部
成為一株敏感又無人問津
彼岸花

傷心的話，要慢慢說

近況溺水的腳踝
裹鹹的海風是你的步履
我們的溫柔
午後並沒有雷陣雨
交叉比對了溫度
是不會握擁誰的海岸，誰的
斷崖
把前回種下的脈絡
埋成一座無人問津的城
城裡無人，城裡有河
破碎的慚愧拼湊成星座
永日恆掛在你的星系
海邊曾經也有難以求死的人
我們在海邊奢望
把荒唐的遐想鍛煉午夜的色澤

你的手上有我的末日
我的身體有未爆的淚腺
經常想，想起你的身姿
在海邊躺臥成一木枯朽的漂流
而被銘刻的話
總是不被人看見

看得見的，並不誠實
謊言是我們的外核
內殼是萎縮的城邦
傷心往事不是誰的逝去，誰的木炭
誰的眼裡還有宇宙
慢慢地走，慢慢地還
傷心的話，要慢慢說
你總說傷心的話要說自己傷心
卻沒告訴我傷心的話
只能說給慢慢
於是我的睡，被泯滅成絕症

一個人慢慢地病

傷心的話要慢慢說
傷心的話，要慢慢說
傷心的，話要慢慢說
慢慢的
傷心的話
要說……

我不是你的吸菸所

滿懷惡意的午後
動身前往候機室
把無人的思緒
吐納成你溝身的菸頭
想你禁止吸菸，未滿十八
想你與路過的患者借火
想你無處點菸
於是就燒了我

燒了我
誰也不過問誰的品質
紅媽軟，長壽幾號？
我們的尼古丁
經常不足以使腸寸斷
一縷煙灰缸的色澤

把我弄得刺眼、難堪
我說，我不是你的吸菸所
這令我感到慚愧

愧於自傷
癌症伴隨我的理想
經常壯大我的筆觸
紙下是海，海中是生物
你是將我扼殺的那頭鯨魚
至於冰港
離異的船
我們是不能安慰彼此
而後垂釣心的湖畔
把彼此的秘密
藏進樹洞
用血泥悄悄補滿

但我知道
你抽菸的樣子很好看
你知道這樣會早死
但你還是抽
在遮雨棚，在華山草原
我不是你的吸菸所
這令我感到慚愧

把你擱置

休眠降落鐵捲門的側邊
惦記起備忘事錄
隔日上班的水、湯料
被火陶冶的肉片
我們騎上一團幽影
前方道路縮減，右側難行
左邊是你溫柔的方向
我們討論明天時數
休息時交換抽的菸癮
眼影被大霧籠罩
我的手上出現各式無名的傷口
你看見就會抓來搓揉
把悲傷稍微抹去
但我知道，時間又更短了
你走上樓，我的背影縮減

到家之後身體變得小小的
情緒落在沙發海上
想起你，或你，或是更多的你
於是連菸都不抽
只是蜷縮聲音，後來放棄轉彎
直直抵達你的床沿
把你擱置
撫摸曾經的床
告訴你：
「整個房內，我最悲傷」

善良的南國，溫柔的手

甦醒亞熱帶的風暴
遺忘已久的複合配方
長島冰茶、琴通寧
酒精並無劍指歡愉，秘密酒館
我們交換身體的奧秘
在姿勢與呼吸
溫習彼此破敗的體溫
旅店外頭成排的鋸齒刀片
劃傷我的迴路
維持颶風瀕臨的路徑
我們討論近況、將來
或是困難抵達的一處觀光景點

要借宿
或是躬曲著耳垂
聆聽你微弱的呼吸
你說喝醉了，不是罪了
只是好像傷害過你的人都來了
我們摩擦鞋底
卻不肯留下指紋
在彼此寂寞的黑洞
今日有南國，這裡不會下雪
你說你冷
我毫不猶豫的抱住你

讓你溫柔的手
成為第九顆恆星
文明誕生於冥王
卻被排除在你的生活
梳洗、沾染
煙味是唯一能夠帶走的
把彼此隔得更遠
像是地理學那座枯海
遠看是島
近看，皆是地獄

仿生人會夢見機械羊嗎

能夠做夢嗎？
夢中我們的婚禮
喜宴，互相觸礁的酒杯
被惡夢踩踏九百九十九遍的羊
是否遞出黑曜
就能在喜帖刮寫名姓，寄給
過繼的房址
把無人能入住的夢
做得更長，比夜裡的沙灘
還要更暗

而我們驚呼守時的拐杖
被人拗折的背嶺
交換過的臟器，肋骨
我們血脈中無法割去的基因

模仿溫柔的風
把停滯的輪印
走得更長一點，長到塞入葉脈
待萌芽的心碎
都一一被包裹完好
直到不被人看見
我已然失去跳動的心
仍渴望著做夢

夢裡，我們未完的婚宴
我們無助的香檳
無助的禮金無助的題詞
被羊群入境輾壓
變成薄薄一地綠茵
能在你收拾行囊
離開南國無雪的邊境
成為太陽最西邊的鑲金
你的夢裡

生而為兩人的地獄
地獄我們數著一輩子的羊
織就一件完好的毛衣
一起去北國看雪
冰冷至死

臨時動議我們擁抱

異常冷靜的午後
逢魔之時正好淺眠
把時間曬出皺褶
崎嶇的紋理繁衍出歸納法
清潔、理所當然
你我交換著生火用具，石頭
刮傷手上的繭
在排定序列的一行字句
我們摸索山脈
把彼此誤食為貓草
一經提議，突然知悉我們的話
始終藏在紅色的火裏
沒有言外之意，沒有多餘的餘地
臨時動議我們擁抱
把你眼底的慵懶

吞下成為我的日常
我們相擁、相擁，然後相擁
頓時同意這個擁抱
以及你髮脈的波紋
深入我的肌理

我們還是離開這裡

你的安靜似一把利刃
切割我無聲的肢體
意識匯流
蜿蜒的貨架拉齊缺陷
光線逐一變得耗弱
對折，線條，一道鉛直的虛線
影子伸展出言語
把背後唾棄的睡眠
撫摸為季候的溫度

分期付款，三聯條碼
應繳最低金額
比氣象更為安全的話題
我們交換處方箋
不合時宜的淺眠，悠眠

偶爾多餘的樂途達
緩緩收納進掌紋
服藥卻不配溫水，思樂康
卻非真正快樂

我們善於遺忘髮尾
讓分岔的記憶
變為更兇險的河床
橫躺於臥室的回憶
被時間積塵的不堪一擊，不堪
再次擦拭
每一次指尖的誤觸
都是一齣新的悲劇

有人剎車不及
有人試圖加速逃逸
有人橫臥於地
有人，就這樣變冷了……

我們還是離開這裡
讓地上一灘悲傷的湖泊
匯聚成靜謐的失眠

有人服用百憂解
有人被酒精困擾著
有人正在哭泣
有人，正因為過份的幸福
而感到不安

我們已經認識彼此

固定格式之間
我們深思卻不熟慮
我們伸出手卻不打算縮回
在歡迎與光臨之間
眼神淹沒了嘴
海平面上一切似乎安好
熟睡的異鄉
雨水緩降你的斜坡
我們，我是指，走進之前
你明白言語的力量
就像你離開之後房內
遺留的一灘影子
我偶爾寂寞時就會把他們攤開
仔細搓揉所有破舊的部位

這裡是肩胛骨
這是鼻頭、這是耳垂
這是我尚未能觸及的難耐
這是我錯過的列車
這是車票，這是淚腺……
動作如此溫柔到沒有觸感
在流星誕生之前
也有恐龍抬頭許願

或許擁抱
或許，在世界毀滅之前
我們寒冷的河床
我們，來不及的相遇
其實已經認識了
你要的香菸、飯糰，一包面紙
我仔細牢記你的心跳
在手與手之間
曖昧莫測的金額

你的發票注定是場失敗，月份
不足以形成動詞

主詞，受詞
你走了之後雨就降下來了
一切都很好
一切都很好
一切都很
好

你將時間緩緩放下

「疼痛是唯一的止痛劑。」

藥物織就的草原前
我們只許墜落在這陸地
揣摩埋藏的心事，夜裡
也許無法獨自入睡
時間是疲憊不堪，是自我
難堪，我們服用的煙灰
失眠、百憂解
把難隱的情緒燒成一把灰燼
光自你手間發出銳利
剖為疼痛的符號，撰寫一篇無法解讀的條例
保持緘默
禁錮、封鎖
時間是海馬迴廊

我們錯把彼此監牢看作遊樂園
沒有快樂的小丑
苦難的馬戲班引隨暗流
惘聞、臥軌的列車
時間悄悄指示明日的氣候

有人在外即為雨天
無人在外即為陰天
久經搬弄的憂鬱開關，終於
發出哀號
聽力誤植了時間
時間誤傷了夜晚
把更深的睡眠時段延宕、拖延
直到隔日的早晨……
而唯一服用的影集
悄悄生出舊的悲傷
疼痛是唯一的止痛劑
我將你緩緩抱起

你將時間緩緩放下
成為環狀帶裡誤聽的一顆
一顆恆星

你永遠都會比我老

並不適合珍惜流光
卻脈脈撫摩你的歲月
讓老了一歲的年曆
汰換一身看透的軀殼
你細數我的睫毛
我假裝無知
我服用安眠藥，再除以酒精
讓時間走得更快
我細數那些年華
離異的道路開滿火花
艷色的歌曲沒有安溥、宋冬野
斑馬早在非洲被人獵殺
走私的心囊塞滿瑣碎
我不是啞巴，卻在面對日子的腳步
變得那麼啞口

你總是直斷

把我們的歷史看的那麼淺
又老了一歲
又多了一點智慧
髮海無涯，指縫留下洗髮乳香
你仍在意那個下午
我們交換的動物園嗎

如果養不起獅子
我們就養貓吧
名姓是無，而你是有
我們要在同一天出生
但你卻早了我一點
所以又年輕了一些
九月十七，臍帶連貫你的未來
在你爬行前
我還在海裡

像達爾文一樣等著被生命淘汰

你永遠都會比我老
老了一歲，兩歲
老了更多直到大象不再撐著
我會用長頸鹿的脖子
猴尾輕搔你的臉頰
再用無尾熊的姿勢
讓你袋鼠般心甘情願的抱著
你只要睡著，睡著
老了不是你能決定
如果愛人是一種遠行
我只想買一張單行票，沒有折扣
看海之前先去見你
在死之前先說愛你

少女洛希姆對我說：
「相信獨角獸，就能獲得真愛。」

狀態更新

收回所有發言
像雨離開天空
比針尖銳的日子
用手抽菸削去指頭，用眼睛
把霧燒進身體，吞下紅色
把憂鬱攤成象，把鹿延伸
曝為陰林，此後的餘生恐怕不會再見
遞交簽名掌紋
把柔軟的藏進口袋，傷害人的
自然會有人先發明
繼續密合，練習一種脆弱
把樣貌覆以鵝黃的燈芯
模擬一百種死法
然後學會長大：一百種死法
僅能選擇一種

週五的雨夜

雨夜是週五
世界寂靜產下睡意
卸去疲倦獸語
月色闔上一盞車燈

我看著自己
加熱桌上的湯
讓它變冷，指頭打結
我看望著窒息
緩緩淹過一面壁癌

你如常熄燈
躺床，梳理糾結髮蜷
週五只剩一場冷雨
我看香菸燃燒
然後熄滅
一切恍如一場大夢

後來的切片之一

向我道句晚安吧
睡前，我們熟識
親吻額頭安心地像初次
視力縫合鼻鼾
嘴唇被齒磨損
交換一個無聲的憂鬱
靜靜孵著
彼此的夢
像胎死的一枚鵝卵
沒有人會傷心

我想和你做愛

一切都大霧深鑿
月光的魚裁碎了車程
回朔在金光的眠鄉
我們的旋律褶皺在情緒
藥物、酒精
虛構了一次離異，我的指頭
也漬滿你髮色的淤積
輕撫門把上頭銅鏽
夜晚是節節敗退的真實
你退去我的不安，我的堪慮
我把肢體留給想念
摸索你經年毀壞的愛情
中看不中用的觸覺
衰老了彼此的慾念

這是頸／這是鎖骨
耳垂鼻頭肩胛骨／這是肋骨／胸膛
這是肚臍／患部／多餘的肉身
這是下腹，這是
我們期待已久的愛撫
被褥擦去落地的聲響
腳踝交疊著幻影
慾望，呢喃著一次交媾
還沒睡醒在這異鄉
卻緬懷一些死去的動物標本
想你這樣愛我
想你也得把我肢解
卸去多餘的言談
生活只剩咖啡，糖奶不加
香菸是必備的良藥
至於日後肌膚之親的念想
是日光粉身碎骨
撫平脆弱的一場春夢

開房間

是那樣反覆的一處場景：
及久未癒的患部
缺少註腳的十四行詩
生活不再談及氣候
未接來電卻已熟稔號碼
嘗試打開門，悄悄擦拭光的窗櫺
指紋是愛恨交雜的恐懼
視線只敢觸擬魚尾

一瓶氣泡，麵包是隔夜的兜售
尚未過期的氣味
我們開房，卻不逗留
彼此交換第三者的惡習
用觸碰銜接想念的日子
想起也就只能這樣

先放棄睡，再擱置生
死是一種日常作息
愛也不過一場悲劇

關上門，得擁抱
而後練習無痕親咬
重複扳弄肌膚的開關
我們說好不得相認
痛只能這樣了
也只是這樣了
不過這樣撫摸
生的患部
死的日常
愛就只好抱起心愛的狗
愛就只好化為無人的空號

一體

是不能再這樣過了：
肉身更迭著季候
語氣長年失修，字根
擅自換了內裏擅自活著
霧變深了
對白無異議了
且習慣於一齣陽光潔白的默劇

（還是一個人用餐嗎）
（收據票根南下的客運）
（又夢到你死了）
（你死了我也很難活下去知道嗎）

我們出租，徘徊
盜版彼此廉價的絕症

夢裡，捷運吞下九百九十九億
等份的恐懼
有人習於生活困難
有人習於活得困難

有人愛人
有人被愛
有人擦亮所有陰影
有人自焚

她與她以及她的關聯性

她擅於攝影
她擅於錯過夜之末班車
她擅於滯留然後餽下指紋
她擅於口風琴
她擅於聆聽然後攢頭
她擅於嘆氣

她擅於給予
並且毫無保留的蛻下，她擅於
擅於善良，她擅於擁抱
然後她擅於成為日常風景，記憶之核
她懂得愛人
她不會愛人

二

盤點肢體擦撞的虧損
予以臆量號誌失效頻率
然後你清點所有雨和污漬
庫存異常的夜車
衣角週轉，曖昧眼神的信用額度
冷藏詩句小額預支
街角漸漸透明，語意不再易懂
只是右翼擅於裁切
預謀一場左側擦撞的愛與事故

開始明白生命的本質是謊言
欺騙是為了更好的活著
依然搭乘藍線，西門下車
綠線請配戴口罩
紅線盡頭是北投、巫女，是牽手

取代一種方言的功用
逐漸牢記工資調漲，捷運吐出失效的睡意
練習睡前服用一杯溫水
關了燈也不太需要擁抱

一一擦拭杯緣用過的跡象
吻是不能用力
口紅是衰老的一種明示
暗示暴雨，氣象，暗示離開
暗示接近暗示囫圇
暗示用力直至肋骨暗示暗示
一種遺忘
是為了一場寂寞的大雨，寂寞的人暗示
暗示的寂寞……

一一修復前夜錯失的痊癒
日子還是響了
一一棄守隔日淡逝的傷害
鬧鐘是壞了

精準的憂鬱

或許陽光不再明朗，所有咀嚼
皆含有刀片
難以下嚥的心室，反覆
難產一張笑靨
想起難堪的笑話：
紙幣、繩索，一張板凳
落地窗前燒一盆炭助以安眠
過期日曆
上頭有愛人多餘的註記還有一則準確的消息：
「生日快樂
能夠的話都燒給我吧。」

所以你更新了自己

記憶繾綣著空心
時空又把痛覺拉近一點
水窪是遠，揣踏禁忌
迷路在這幽黑的病房
仍想著你住所燈火通徹
我們枕夜通霄閒話
電影、詩句
某位作家死前寫的兩本詩集
染患名為愛的瘟疫
只要你一個眼神
就能自動剝下全身的衣物

就算我們一塵
不染，擱置著彼此肉身
往後的日子
還是得要繼續過著

暫時、暫且
分開一段漆黑的斷層
我是你摒棄的臟器
我是你遺日多年的出血
而後，你持續流血
我的內河也流出紅色

你移交了相片
自介，個人簽名
所以你更新了自己
我也更新著自己的外殼
讓病憂傷的陪伴著我

不要了，就別藥了
後來我停更了自己
讓一切暗為命案現場
歷史，命定，不如，且退
遺物不動，一處皆為你的瘟疫

當年生了一場大病
至今仍蛀蝕我輪迴的崖
讓修補的痛
越想越大
所以我停止生活了自己
所以我停止活著了自己

你的眼睛像快死掉的貓

我們的生活不近不遠
正好距離一個座位
短程的日車，擱淺的鯨魚
你的眼睛透漏翡翠
把茵綠透亮為鑲鑽
我們討論著眼角的痣
宜夫、招財，客死他鄉
你笑著說今年不會結婚
水星逆行，紫微斗命
我們鑲嵌彼此的掌紋
像是自己組裝的一叢書櫃
裝載疲勞的核心
已經不是相信命運的年代
你卻用眼睛
讓我相信我必須遇見你

少女洛希姆對我說：
「我願意讓你傷害我。」

死星

我遠遠的看
妳正抽著菸，眼睛盯著
我遠遠的
看著妳指頭，念起死星上的一切
我遠遠的看
妳說如果一個人離開
那還有意義嗎我遠遠的
看星球死去
並不是所有恆星都會變成黑洞
我遠遠的看
看一顆星星的遺骸
跟妳指頭的菸
發光

土星

末班的車乘載薄霧
稀釋了天上的星
關於琉璃往事，宇宙兄弟
坐上飛梭卻無人抵達
醉酒的生人靜默的睡
沒有人的時候我喜歡這裡
這裏沒人土星沒有床，累的時候
像極了妳養的狗
我住在土星，遠遠的望妳
看妳對向的車和我相襯
我揮手示意列車迎面
成為隔日頭版的要聞：
寂寞之死

庸俗愛情

妳說妳甚至不知道我的名字
我說我相信命中注定
黃藥師如何遇見歐陽鋒
幻肢的犬容納一種撫摸
妳說妳不相信我愛妳
我說三個月是一種輪迴
關於臥龍街，公館
台電大樓，路貓，羊跳蚤
我說分手是命不由己
妳說要不就一盆用剩的炭
手腕上如何產生條碼
關於背德的夜，我們飼養的貓
妳說要不就先這樣
我說好的，好的
浪人長回失去的斷臂

致N說

想寫點東西
卻都是些小情小愛
愛能戰勝一切
關於被愛打敗之後
酒徒淪落為清醒人
清醒的人只談恨
恨恨恨，愛生恨
但恨不也是心字旁嗎
最後愛還是戰勝了恨
戒酒人走進了酒館

廉價旅館

想和一個素昧平生的人做愛
到附近夜市進食
散步
然後此生不再聯絡

少女洛希姆對我說：

有關親吻的魔法：
「知道嗎，只要每一次親吻對方時，
都想著是最後一次道別，親吻就會充滿力量喔。」

情詩

假使大象原諒了長頸鹿
日光赦免夜蝶
我不懂神怎麼愛人
活著的人在夢中許願
我看流星死去
我見過花藝師如何裁下半生
見過泰迪熊心甘情願被拋下
我看過花束
卻沒見過雪
我告訴神人類已原諒祢
就像鯊魚愛上天空
就像斑馬親吻鱷魚
我見過來生
我抱過來生

夢見01

你在夢裡
做夢的事
哀艷的火燒著身體
火在夢裡
燒你的夢

身體沒有動作還是會冷
我們經過
花經過我們
凋謝只是一瞬間
死掉也是一瞬間

我在夢裡
做我的夢
而你也在
瞬間離開只是一下

夢見０３

痛苦的是我愛你
痛苦的事我愛你
痛苦的事，我愛你
痛苦的，是我，我愛你

夢見04

我們深埋的拍立得
你死之前
天黑之後說一聲晚安
左邊是黑山
右邊是肩膀

你翻閱我的頭髮
我親吻腹部
夢中獸徑貼滿相片
每一張
你笑得都好看

夢見06

那年夏天灰色的陽光
隔著一片毛玻璃
照在彼此之間

你送我的木質耳環
我遺留的手鐲
我們餓了
就這樣牽手下樓
吃了一些不明白的食物

那年灰色的空洞
有點冷，室外炎熱
我們沒有說話
也沒有觸碰彼此

只是躺著
很快樂，很快樂
你床上有洗髮乳的味道
我一直記得
我住了一晚，也用了一點

我以為
我能靠你更近一點
但並沒有
因為夏天就是夏天
你還是走了
我自己也活到了冬天

夢見07

來我夢裡看鯨魚擱淺
看一個人
如何獨自溺斃荒原

看自己變得
很小很小
比現在小小的你
還要更小

所有被遺忘的
都會長回來
沒有我的允許
你還是會過來見我

想把走的日子
錄音成海
寄到遙遠的南端
據說世界也會有盡頭

不是一兩天
就能放下
有時候比起自焚
吃藥更難學會生活

所有的錯
我都記得

有一天你也想死了
記得來找我

夢見09

你適合做夢嗎
我不知道
當時冬季還是那樣絕對
我們的臂彎
長出各自的夢

冷了就穿外套
再冷一點，我們取暖
只是退去愛之後
我們的語言
變得疲乏

雲很輕，輕的
像是末日
末日之前我們交換眼神

切過我的肉
我折下一截手指
這就是一口破百合

你適合做夢嗎
我想我知道
在夢裡，沒有流血，沒有
任何人會對不起誰

冬季是那樣絕對
把我劃成百萬份地獄

夢見１１

夢見你
做了噩夢，是忘了
我的名字卻還沒睡
就算只是遲早
也想偶爾被你念念

你是被忘了
能看見卻聽不見
有手，有腳，卻抓不住
臉孔就算沒雨
也會漸漸模糊

想到夢裡
總是努力爬著
你的呼吸是一座山

清晨之前是霧
清醒之後剩下輪廓

想你看山
我把自己埋進山上
想要找我時
夢裡就會開花

夢見１４

是也沒夢過
妳會離開
我見過結束
卻想夢見開始

那天妳撥開我的眼鏡
天空就沒有雲
有雨，濕濕的
我說一切都髒了
妳看我卻不說

夢裏有血，會燙
我也流給妳看
妳看我卻不說
我就慢慢髒了

夢見16

夢見妳死了
我卻不能救妳

妳是接受的
但我卻不能動
我是自願的
在我死的那天

夢見妳死了
我卻仍舊活著

我是接受的
但妳卻不想動
妳是許願的
要我死的那天

少女洛希姆對我說：
「人類擅長讓，愛自己的人失望。」

你並不是一無所有

不要憎恨了
你還活著

能夠呼吸
看別人死掉
活著真好
看你死掉真好

不要忌妒了
你還活著

關於一個願望
半夜書寫
不要垃圾
這不是一首詩

不要害怕了
你還活著

把喉結收好
把刀子收好
手腕上的是什麼
看你活得真好

不要吃藥了
就算最後病入膏肓
你並不是一無所有
你還有病啊

自殺

唯一想到
不再傷害任何人的方式
我很抱歉
我很抱歉

上吊

他懸掛著一顆心
想起也曾有人願意
這樣親吻自己的脖子
且義無反顧

燒炭

天冷，注意保暖

火來了快跑
火來了快跑
火來了，快跑

同理

我也嫁接同一張臉
流同樣的血
聽以前自己講過的笑話
相信同樣的愛
晚上被同樣的人強暴

愛人

多希望這個動詞
在你面前
能夠是名詞

激問

愛人的人
被愛了嗎

不癒

吃光了藥
忘了回診就不再
睡前嘗試哭
為了什麼哭

深信好了
一輩子想這麼想
如果提早冬天，花能
來得及時間凋謝嗎

都不會好了吧
沒好的理由
明天失去了昨天
醒來仍是昨天，為了什麼
睡，還得醒

要醒來嗎
蝴蝶都凍傷了，沒了翅膀
冬天死後
春天會來吧
會吧

一起

先不要死
不要死掉
先在一起
再一起

不要死
才能再一起
在一起
不要死掉

先死掉
才能在一起
再一起
一起死掉

一起死掉
不要一起
才能再一起
在一起

在一起
再死掉

離開

究竟是太愛這個世界
或只是不夠深愛自己

少女洛希姆對我說：
「遇見我是你的不幸。」

復合

當我們試著復刻一種疼痛

睡致・E

夜的輪廓
被指紋拭去
每天死去一點點
小小的死，小小的累
肉身拖曳天秤打翻公允
惡夢的迴廊
用拍立得
撕下我在枕裡的體位
小小的怕
小小的遠行

彼岸花　致・E

罪孽的刺
深埋肉體
妳伸出手
天越來越
越來越暗
妳是不會帶走我，帶走我
讓我在此自生自滅
終將
凝視妳的火海
花葬

終於　致．E

在我的忌日
翻開我寫給妳的詩
妳說，寫得真好
撕下每頁折成蓮花
我不小心劃過妳的指頭
我不小心劃破妳的指尖
慢慢流
慢慢血
妳猜這也是愛吧

念念

擁抱是肌膚
肌膚之親是念
擁抱念念，念念不忘
夜裡交換的疲勞
秘密，誓言
都是隔天醒來陽光灑落
痛的延續

失敗的公路電影

芒草的夜晚依舊傷人
驅車逃逸
左駕的代價是右側沒人
賭徒幸運數字是七
為了臨摹你
我時時挖出眼睛
一隻給媽媽，一隻給愛的姑娘
你回頭
道路正好拐進荒山

過失傷害罪

事後的疲憊
隔著當年黑色的海
照不出狼斑
鳶尾花，蝴蝶
結繩上遺忘的事
你走出房間打開罪惡
如果可以
如果不行
用最狠的字眼傷害我
我會好好吞下
都沒關係了，不會再說沒事了
一切的戰亂都是流年

沒有失敗的公路電影

假使崖的距離
是我與妳指尖的隔閡
妳驅車向花
雪芙蘭不禁終年的疲駕
載具化作星火

燃燒的雪霜降紅土
是有冷的感覺
肩並肩路旁兩側寂寞的燈
山谷裏遭人侵犯過的骸
生前嘶啞的叫
比荒山還寂靜

少女洛希姆對我說：
「我們已身在地獄，卻仍不知珍惜。」

花犬

山有山的眼
獸有獸徑
黑犬吞下海棠
化為扶桑一縷青煙

你折壽
就苟活
你龐大
橫臥為壑

狗有狗的方言
貓不吠
你的符碼指向何處
道路就傾曲

空魚

磷是迫降的火
在天為裳，地為衣前
我們有鰓
是水的臨巡

魚在骸上
骸上有光
眼睛是慈悲的水銀
靜靜服貼
逆光的水鱗

致蔡

為了朗讀妳我要燒去大霧
把蜜縫回花的雙唇
當蜂卸下震擺
烏雲以及雷陣會帶走一片好天氣
為了靠近妳我要割去臟器
添上好的柴
身體埋置雪皚持續冬季的新鮮
秋正遠，而妳正夏雨
為了見上妳我必須見妳一面
妳將海鎖進抽屜
手槍突兀沙洲的一角濕地
泥土鬆軟
適合埋葬
為了冬天我要先去死一遍
以換得嶄新的春天

我們02

我們有無盡的金魚
火焰
囚困人造的石缸
目睹一株海棠咳血
是紅色的石紋

天堂是桂花的燃燒
地獄是棲息著蜂鳥

眼窩有太陽的後裔
居住無人臥室
想念妳就埋葬眼睛
一顆妳的
一顆雪球先生

待樹開花
吊死自己在樹頭
妳會劈柴
炊飯
我們就能一起生活

我們03

「想想那些狸魚，沒被人領養。」
「白化症的鱷魚還能被撫摸嗎？」
「砍下兔掌，獲得好運；剩下的犀牛，都沒有角。」
「知道索拉花其實只是樹皮嗎？」
「好冷，路邊的山櫻。」
「要春天了。」
「妳身上的逆鱗看起來好美。」
「抱我。」
「下一次。」

我們06

我們躺在童年的舖榻
不單做了場夢
有泰迪熊，海報
二十三歲的被毯

我們從身後環抱
宇宙變得渺小
北方失傳的占星術
伏化螢光
謐貼牆上的星辰，月亮
角落的小夜燈

我們沒有做愛
身上蓋覆白雪
麋鹿等著被狙擊

小熊從山坡滾下
一切都很好
一切都
很好

我們07

「冥王星也有人深愛嗎。」

「那些石頭都還沒被人命名。」

「好可憐，一定很寂寞吧。」

「我們無法復刻指紋，卻能盜版一種擁抱。」

「仿生人會做同一場夢。」

「現在還有人相信星際牛仔嗎？海盜電台仍舊在運轉嗎？」

「史派克？」

「我感覺不到痛。」

「想切下小指頭送妳。」

「我的觸覺，我的視覺，我的……」

「不要。」

「砰！」

我們09

到底還要燒多少花才能破解那些隱匿的霧話、緋雨、流炎以及騎士？

我們11

聖誕節
伐木，一陣冷的感覺
有人天冷就燒炭
有人覺得冷就，該怎麼佈置
那些遺骸
紅色的蛇吐出綠的絲
我舉起斧頭
羊是無辜的，今年失眠改成數鹿

鹿安詳
湖底有靜物有夏天的蟲
路上月光，黃澄澄
白色一片札幌的雪地
據說水碰到燒紅的碳就會疼
嘶嘶嘶的哀嚎

淚水也是雨
我們澆不熄光，就讓身體變得透明
炭還在燒
身體僵硬

我們12

「捉迷藏，沒人想看見鬼。」
「讀完一首詩，徒增三千億煩惱絲。」
「仿生人會夢見性愛機械綿羊嗎？」
「空有軀殼，觸抵不了心臟。」
「我的裏頭棲息了一頭憂傷的獸。」
「問我，問我。」
「安全議題，咖啡館的營業時段。」
「牽我，陪我，吻我，抱我。」
「月亮是夜海的珊瑚。」
「不要傷害我。」
「再一次。」

少女洛希姆對我說：
「寂寞的人讀詩，不堪寂寞的人寫詩。」

紅媽軟盒

日光接下你的躊躇，天正亮
早報是隔日禱詞
九五是殘缺的肢體
你抽絲無眠的魂
身體是菸盒的屍骸
比脫水更像乾扁
你拍打側翼的鬆弛
是臨危高聳下墜
濾嘴是中壢的焦油
撫摸貓，犬吠疼
繼續抽
繼續失眠
菸抽盡的時候
會有風，買一包菸
不要發票

不要回頭，你會哭
沒人會理解沒菸抽的日子

媽寶 Dry

人類是很笨的生物
駭怕不明白的事情
她說她要走了
酒還沒喝完
不是說好還有一根菸的時間
喜歡的菸下架了
麥當勞奶昔
紅豆派，童年的霸凌
媽媽擅長情緒勒索
人脆弱，人難堪
這些不重要
你要知道
菸可能會抽完
人類是有愛的生物

雲絲頓天香

唇瓣是乾黏的
沾附甜膩的國色
貓會吃花
木天蓼適於過渡
一手點燃，一手捻熄
我們是社會底層
敗類中的青年
黑貓象徵不幸
看見烏鴉崩塌地板
一指餘燼
一撮天香

大衛醇萃

所有標誌都是偽物
所有艷紅都是訃聞
所有指頭都為捲裹
所有空城都為瘧疾
所有白紙都得汙黃
所有眼神都得濫殺
所有呼吸，所有肩胛
都是過失傷害罪

寶亨涼菸1號

夢醒前無產的抑鬱
夢醒後迷糊的焦油
那裏有犬，有蟻
忠孝敦化是捷運站
萬華無量疲倦
你伸手撫摸鬼的結痂
捻碎不堪負荷生活
你左手正當防衛
我右手蓄意傷害
別回頭
別過問
一切都會好的

白媽賴特

你也變得清淨，潔白
放下呢喃的偏執
才華是寫首歌
卻不提起菸或酒精
生是淡淡澀
死是淺淺嚐
想你不再依賴火柴
眼角生輝有蛾的本能
你撿拾煙蒂
不扔進水溝
你希望自己乾淨
不再弄髒別人

Kool 企鵝

北國是沐幽的骨白
關節蔓出血海
沒有深仇
沒有愛恨
想在死前探望你
你正叼著一縷灰朦
擦亮眼睛
那群境遷凍死的鶴鳥
將我遺棄在海邊
冰冷至死

可以

是另一則氣象預報
是另一種早起的習性
向光，趨暗，一整座
星系的黯然
是另一種悠眠的預習
夢裏，所有溢填的防空
所有抬頭的哺乳類
在殞落之前
第一枚雪花的快樂
是另一刻轉身
是另一次回眸
是另一種比較不會害怕的相信
不再離去
我不會
不會離開……

週六的午夜

睡醒，點燃夜船
曇花巡弋在白河及雨露
捻熄火成獸尾的黑
逕自憑依陽台磚石
三更清冷
吞吐為一條隱憂的獸徑
錯過約會、行程，飛往人的航班
沒有暢談
沒有見面
只有紙劃傷指
系一種書寫陌生的方言

百衲被

第一條毯
包裹童年的冷
身體是柔軟
有媽媽跟爸爸的味道
第二條佔據第一條
是租屋處寂寞的軀體
酒精嘔吐物
我們在單人床上做愛裸泳
第三條
想你容納所有往事
靜物以外都是動態視力
果斷選回第一條
那是長眠的墓地
最後一條不是毯
用來覆蓋陳年往事

成為某人的過去
被他人容納成為童年

美好的一天

我跪拜地手朝天
意識拐弄關節做出姿勢
後頭清涼地我朝裏頭喊著，這有意義嗎
爸爸躺著不說
我告訴他一個殘忍的事實：
火來了，你得跑。
要去哪誰知道我面地
頭髮上頭沾了一些雪燼
那是一個敦厚的午日
樓下家族齊聚一堂摺著蓮
沒有人打擾我
我和幽靈獨處一陣時光
在外頭抽菸我的沈默是塊老木
早上我撫摸木質部
幫爸爸選了一口莊嚴的顏色

墓誌銘

你的爸爸更靠近宇宙
那裏是空洞的
說來諷刺原來漩渦裏頭
什麼也沒爸爸
說其實月亮上頭長滿腫瘤
割開之後
才能知道良性惡性
我問他宇宙知道自己有一天
膨脹到極限之後
人終究會有一死我跟他說
我愛你爸爸沒有說話聲音平靜
寧靜的線縫起行星
我想搬去冥王星
這樣我的寂寞
就會顯得比較渺小

少女洛希姆對我說：
「愛人誅心。」

牽手

妳把手遞給
我
妳接過手
我接過
妳
斑馬線上頭，海
我們的手
汩汩
人與人還有人人
手和手
勾著
我
接著妳
我們

你在害怕什麼

你在害怕什麼
給了你吻
人造的光
給了你尖銳溫順的指頭

梳理額前扶疏
用唇，剝蝕
你眼前深邃漆黑的薄霧
你在不安什麼

火焰溫馴
小獸歸穴
沒有一座海比這還寧靜

不要發抖
不要張望
讓自己虔誠
不要懷疑那些可疑的事物

如果可以
我把我的另一邊借給你
好嗎

我不會走了
擱淺的鯨
來不及被目睹凋零的死亡
花逕自萎縮
掙扎

剩下的
又冰又冷的物質
請不要厭倦
那些悲傷

我在這裡
用十年之後同樣的方式
埋葬
十年之前的我

不要害怕
不要不安
我仍舊在這裡
你在害怕什麼

我看見

房間內有陰影
靜靜垂降在窗沿
伏著光
緩緩爬過我的身體

我看見你
把我弄髒的衣服
變得和日子一樣一塵
不染
剩下多餘的
是回憶能夠弄髒的部分

好像驚蟄前夕
所有的死亡都能不見
我們濕透

卻把傘藏好

在我看見之前
你已經看見
我們即將弄髒彼此
再把看不見的
留給我以後做夢
看見我們都是乾淨的

不會有人
要治癒誰

相信我一次吧我不會離開你

床的沈默弄皺且擱淺
壁癌崩陷一場夜之暴雪
眠是痛，痛是噩耗
想起擁抱夢中的人徒勞而死，有人爭吵
牆只安靜的紀錄
撫摸所有言語的傷口
難過的時候就闔上眼，換氣
夢也不過一場霧霰的厚度

我們嶙峋的愛恨，我們緘默
所有嘆息溺斃在這房內
聽著你無聲的泅泳
夜晚走失假寐
繾綣恐懼害怕著天亮，害怕失明
害怕擁抱害怕相交害怕無處

安置的愛
害怕虛構的一生，彰顯雲翳淚行
害怕你是真的醒了
卻不再信了

信著明天，信著崩塌
廢墟的話語是深深藏
痛苦的針是慢慢的縫，慢慢的
吞下所有真實的傷
讓日子恆渡為河
讓河輕描淡寫一場悲劇

兩個人
一句話
一場夢
我不會離開你的
我不會離開你了

我想和你一起變老

時間慢慢，漫漫
水澤淘潤鰓的臟器
我們脫下彼此簑衣
埋葬在青春的床上
桌緣永駐著澄黃人造光
仰泳在這窒息房內
窗外是夏蟲的墓
白雪是冰系的語言

我們看過四季，瘟疫
一座城淪為空殼
關上燈後一切阻隔室外
境內黑色的眼睛
有我們蚍蜉的靈魂
我們虛構一些離異的話語，指環

栓塞無效的誓約：永恆

永恆的旋轉，永恆
永恆的島一種小象死的悲傷般
不敢討論自然永寧
靜靜燒著日子
洋豢養著鱗類
哺乳類依舊悲傷
吞噬血管的水銀，白髮多了
創傷徒增
美好的事情被記憶泯滅
難產一句誓言

誓為破生，相由心生
我想我們都懼怕老
卻想慢一點，慢一點
只要再慢一點
我還不想老去

我還不想老
我想和你一起變老
我想和你一起老去

事實　致・安德烈先生

妳不用真的養一匹狼也能觸碰牠的牙
不用潛入海底也能夢見翔天的鯊魚
關於燒了一座花園
只為傾找一束桔梗
或許世上仍有永恆的愛，我不篤定
關於原諒是在頸上繫個繩結
人一躍墜成蝴蝶
如果還沒原諒得了自己
那妳可以在睡前
摸摸我的臉
和我說一聲晚安，晚安
好嗎？

最後擁抱她的人

是一支殘破不堪的網
捕撈前夜夢的殘骸，夢盡
夢境裏頭有雀
天空有燃燒的鯉魚
紅色總被臨摹憂鬱的色調
愛恨情仇是日常的果蕾

是不能想像妳來過這裡
撫摸原型沙的雛體
將貝削去海的迴響
變成一封簡陋的遺書
扔擲所謂風藍的草原
想妳生命不過一握
將呼吸重量看的很輕，肢體很重
每一次換氣

一種求生本能的輪替

妳也生活在這星球
尋求缺氧的解藥
光線筆直凌遲黑暗，暗室
我們可以說話，微笑
不那麼危險的凝視
像在雨中奔走
捍衛一朵玫瑰盛放的權利
髮海無涯，有桂花的香味
山中百合的貞節

妳植花，移民
花語占卜未果的命脈
流星許願不會成真
世上有人正在餓死，戰爭
悄悄屠殺一匹河馬
我想我們只能睡著，先睡著

睡前無意識的擁抱
我要走了，我想
我正要走了
成為最後擁抱她的人
捕撈前夜星星的殘骸，是
噩夢的輪廓

除了愛我一無所有

要是有扇窗該有多好：
小小的，黏捱緊依一盆植株
苔癬攀附著歲月
琉光在指縫迂迴
音樂指向房內擱置了鉛塊
靈魂很重，軀殼過輕
我們躺臥在無人的暗室
心裏想著：「要是有海，該有多好」

得要是無人擱淺的沙灘
拾枯，摩擦
眼瞼皺褶勾勒出火花
目睹一齣無人離異的悲劇，沉默
水底鱗光似哀傷的哺乳類
透視水晶體的折射

我們會在海邊生火，看火光中燃燒的海水
想我們廉價的愛
伴隨無法抵禦的漣漪

而要是有期限該有多好
一切都腐敗，蘋果
香蕉，浸漬出水的醃漬物
下檔的九零年代愛情片
熟稔台詞，默背
我們相識，相愛，再離開，被離開
桌緣灰塵定時更新
拆信刀用以放血
啤酒失溫了，氣泡散逸著
你溫潤喉結的哽咽
將赤裸的宇宙撐起

靜靜閱讀我所擁的陋習
變成一種不怕背叛，有窗的屋

負起我沈重的烏黑髮色
陪我過期，失效
想房內正好有一座海
裏頭靈魂藍的斑馬
我們豢養彼此的老
相約要身無分文，無欲嗔癡
只剩被愛
除了愛我一無所有
除了愛，我一無所有
除了愛我，我一無所有

夢漸

用干支建構一座星系的堡壘
抬頭凝視一邸廢墟
低頭俯瞰一處匱乏
關於泥沼揉捏成為話語
翻找碎片匯聚一道光塵
指路成為一條獸徑，繾綣
一陣睡前囈語吐息

有人使自己等為晨昏，有人
旁觀自己成為痛苦
聆聽藥罐的失眠，搖晃
三兩零星湊齊睡意
用賴以為生的抑鬱
吞服一股不敢清醒的難堪
把黑夜撕下

把光透徹窗櫺
有人就這樣睡去且沈穩
有人就這樣寐著直到睡

使夢牽縈
手指路為野馬，一盞金針的燃燒
一頭鯨的落下
縫合陳舊的習慣
擁抱一張床的柔軟
漸漸放下身體
拖曳肉的紅磚
被流放至夢的河流緩緩順流
逆流

緩緩漸漸晰晰楚楚
骨頭咿呀學語
擠壓聲的弧形
嗅聞光的輪廓

撫摸影的遺骸
我終於看清楚妳的臉了
我終於能記得妳的臉了

藍色是最溫暖的顏色

妳的眼睛
掩著海的廢墟
月姬的宮
每一晚
想起
妳
就經歷一次潮汐

我負責
繞著太陽自轉
而妳
踮起腳尖
用我不明白的姿勢
旋轉
說是一種永恆

妳願意擁抱我嗎

妳願意被擁抱嗎
像是弄髒
妳總說自己髒了
不停擦拭、搓洗
試圖晾乾所有潮濕的冬季

那妳知道什麼是乾淨嗎
像是陽光潔白
下午的窗影分割白
灰色是肉身之間
音樂是空氣旋律
在妳不動之前
在妳不痛以後

那妳相信擁抱嗎
相信擁抱只是擁抱
相信愛就是愛
相信永恆、旋轉，相信音樂盒
一定要有花束
道歉才能信服

那妳相信原諒自己嗎
像海擊碎沙畫
像童年的碉堡
妳是否也伸出手
想要拯救一隻垂死幼貓
如果能有埋葬
一定好的比較快

那妳願意擁抱我嗎
像是被弄髒一樣
也把我弄髒一下

只要我也髒了
我們就誰都不髒
只要能夠抱在一起
乾淨得比較快

你願意被擁抱嗎

你願意被擁抱嗎
像是弄髒
你總說自己髒了
不停擦拭、搓洗
試圖晾乾所有潮濕的冬季

那你知道什麼是乾淨嗎
像是陽光潔白
下午的窗影分割白
灰色是肉身之間
音樂是空氣旋律
在你不動之前
在你不痛以後

那你相信擁抱嗎
相信擁抱只是擁抱
相信愛就是愛
相信永恆、旋轉，相信音樂盒
一定要有花束
道歉才能信服

那你相信原諒自己嗎
像海擊碎沙畫
像童年的碉堡
你是否也伸出手
想要拯救一個想死的人
如果能有埋葬
一定好的比較快

那你願意擁抱我嗎
像是被弄髒一樣
也把我弄髒一下

只要我也髒了
我們就誰都不髒
只要能夠抱在一起
我們就能一起髒下去

在跳樓發明之前

想像你也隻身加熱著湯
冰箱剩菜逐漸回溫
情緒的小徑
蜿蜒在這黑色的房間
不能多得的飢餓
靜靜膨脹著寂寞的神色
窗外亮了，濕氣更重了
試圖點亮一盞詩句
收納一節音符
留下一截菸蒂
抽菸不能解決的事
走出落地窗凝視情緒
如何伴隨晨起化為漩渦
如果可以，就朗誦一句無異
的話，桌緣的村上春樹

虛無的卡夫卡
我們看著冬天變冷
再看它生出煦陽

被你發現以前
我是這樣旋轉，讓日子
變得陳舊

匕首被發明之前
是怎麼消去指紋上的淤積
沒有火柴
我們只能摩擦雙掌
讓歉意伴隨過多的抱歉
徘迴於鏡前的肉身

而肉身是否破敗？
像你經常發文提起的憂鬱
不想化妝
讓唇顛覆一座咖啡

杯口始終留著你的記憶
洗髮乳則愧於逗留
悲傷時就看看窗外
想想石子路上
有人削去腳跟成為虛線
跳樓發明之前
人們是怎麼死去
安眠藥沒辦法真正入睡
心裏更深的彼岸
插著一根你的手指
於是我發明割淺的方式
想像那些擱淺的人
同樣在海上
看著一艘油輪亂剮一隻鯨豚
並未曾對此感到
抱歉
繼續生活

一切都好了

想想善良的東西
善良的鹿
善良的人
想想自己也想變成一位
善良的人

想想在投海之前
曾有人用身體接下雨水
打入眼眶
我用善良的
眼神看著這些名字

想想名字
想想愛的人
想想我們的體溫，話語

想想妳用手指
輕撫過彼此的劉海

想想睡眠
想想善良的小花
吃下的鎮定劑和過量的藥
想想在絕望之前
我們的模樣

我們，想想
善良的路
善良的燈
我們看過煙花變冷
想想影子

想看妳走過的路
看妳微笑
旋轉，想想自己

曾經也溫柔到
想接住所有的悲傷

想想悲傷
想想下雨的夜晚
在惡意佔滿被窩之前
一切都好了
想想自己也想
變成一個溫柔的人

祈

願一切明亮
願指頭慈悲
願楊枝皆獲甘露
願傷口皆能結痂

願輪迴皆有創傷
願愛人皆能被愛
願撫摸
願擁抱
願擱淺的人皆得方舟
願做愛之後也能夠有然後

願彼岸澄澈
願花開
願痛

願所有人不要太溫柔
願所有善良皆能被拯救

願善良之人終能善終
願想死之人終抵彼岸
願早死
願沒有來世

妳抽菸的樣子讓我快要死掉

「為了愛人我曾隻身飛去日本」．湘

＊此詩前 2022 因敏感詞彙被檢舉為紀念朋友而又故重新上版發佈於 INSTAGRAM 表達我對此詩的熱愛。

順勢撫摸月的肌膚
待光臨幸妳的肉質部
我們萌芽誕下美好，砥礪苦楚
吞服下剩餘光線
指部纏繞白煙裊裊，無名指有囚牢
關於指縫生出綠葉
乾燥，脫水
裁碎捲裹成為一支肯特
我們也曾奢望海邊漫步
當風徐徐過臉龐

世界暈眩摔落白牆
帽沿有妳長柳的刀割，削下鼻頭
嘴唇，眉環與深藏憂鬱
我們抽菸普遍成癮
光線生成一邸廢墟
當雨欲來而我們愈擁抱其中，關於旋轉
鬆手，再放開

而妳回眸，能夠傾倒幾座貓城
翡翠的海住進妳眼底
妳是珊瑚的旁生
妳是沉月的輝姬
妳是一整個世紀長的暖化，人們嚎啕
哭喊而妳只是抽著菸
捲著紙
相信一切的一切只是經過

「請妳忘了我吧。」

「關於那張無法抵達的票戳。」

「又是狼的尾巴。」

「妳知道只要沒有伸手，就不用鬆開。」

「縮回。」

「我們還是抽菸吧。」

「我想死。」

「我也。」

無關乎貓的問題

1.
我的朋友養了一隻貓
叫做小次郎
牠很小很微弱打不贏武藏

我的朋友養過一隻貓
叫做小次郎
祂走了沒有原因就是死了
／

2.
祂沒有看過海
據說海是藍色無關乎天空
天空是藍色也無關乎海洋
海，鹹的

空氣，有鐵
白色的幕銀質冰冷的檯面平滑的邊
血，有海的味道
指頭，用來切割
／

3.
祂想知道一個人是如何發獃
祂預想過一些可能
像是撫摸
第一次發出哭聲
祂想祂一定會有名字吧像小次郎
虎藏
但字怎麼寫怎麼唸
都歪斜
顫抖
扭曲成為一個髒
／

4.
聽說世界原本是一個球
後來被撐開的
祂看著手與手可以併攏
開闔
祂看見再撐開以後
一根冰冷的光一道攪碾
然後
像是雞蛋被打散成泥漿一樣
不再能夠置身世外
／

5.
那個女人說她很愛我，我
她，祂，她說抱歉
她也有養幾隻貓
所以貓呼嚕的時候
應該叫她做媽媽吧

祂表示非常認同
但是媽媽，媽媽
這裡好冷，好痛
我好像沒有想過會髒的
／

6.

無關乎遺忘的方式：
惡露，催吐
不停喝水不停熬夜
不停把碗盤摔破再增添
無關乎聯絡的必要
她終於數清櫃前的杯皿
一三五奇數
二四六深藏
禮拜日的安息
留給一灘黏糊的血卵
／

7.

關於一枚摔破的雞蛋
關於吞服後的催產素
關於輪迴
關於掙扎
墮胎
／

國家圖書館出版品預行編目（CIP）資料

少女洛希姆對我說 / 宋柏穎作 . -- 初版 . -- 桃園市：天河
創思出版社 , 2024.12
面；　公分
ISBN 978-626-98280-2-9(平裝)

863.51　　　113019021

少女洛希姆對我說

作者：宋柏穎
執行編輯：楊云萱
美術設計：邱怡姍
內文排版：陳佳琦 、葉又寧
行銷企劃：劉頤菲、楊紫蓉
電子書製作：游錦珽
校對：賴佳吟

出版：天河創思出版社
總編輯：陳巍仁
發行人：郭玲姅
社長：陳詠安
地址：320 桃園市中壢區莊敬路 829 巷 63 號 6 樓
電話：03-285-0583
信箱：milkywaybooks583@gmail.com

總經銷：紅螞蟻圖書有限公司
地址：114 臺北市內湖區舊宗路二段 121 巷 19 號
電話：02-2795-3656
傳真：02-2795-4100
信箱：red0511@ms51.hinet.net

出版日期：2024 年 12 月
版次：初版一刷
定價： 380 元
ISBN：978-626-98280-2-9